Aldo Spinelli

Le ripartite

Rimbalzo statistico

Biblioteca Oplepiana

N.9

ISBN (libro): 9788893641432 - ISBN (ebook): 9788893641647

Le ripartite
Rimbalzo statistico
a cura di Oplepo, piazza dei Martiri 30 – 80121 Napoli (Italia)

Prima edizione: 2005
Ristampa: giugno 2018
Cura redazionale di Eleonora Galloni

http://www.inriga.it

info@inriga.it

https://it-it.facebook.com/inrigaedizioni/

https://twitter.com/inrigaedizioni

https://www.linkedin.com/company/in-riga-edizioni-e-literary-agency

Dopo l'inopinata scomparsa della 'e' [Georges Perec, *La disparition*, 1969] e la sua fantasmatica quanto effervescente, eccedente ed escrescente riapparizione [Georges Perec, *Les revenentes*, 1972] sembrava opportuno ristabilirne il giusto valore riequilibrandola in un contesto statistico.

In un qualsiasi testo scritto in un'altrettanto qualsiasi lingua le varie lettere dell'alfabeto compaiono con frequenze differenti. È facile intuire che in italiano (e non solo) quasi tutte le vocali (a eccezione della "u") sono molto più diffuse delle consonanti.

Naturalmente l'esatta frequenza delle varie lettere dipende dal testo (o dall'insieme dei testi) preso in esame e si fa tanto più precisa quanto più grande è il campione.

Secondo una ricerca pubblicata qualche anno fa [*], la lettera più ricorrente in italiano è la 'a' (11,4%) seguita dalla 'e' (11,1%). Ciò significa che in un testo composto da 1000 lettere ci sono, in media, 111 'e'. Cioè una lettera ogni nove è una 'e'.

Da questi presupposti è nata l'idea di scrivere un racconto [**] con la seguente restrizione: il testo non solo rispetta rigidamente la sopra detta frequenza delle 'e' ma anche il loro posizionamento costante: nell'arco di tutto il testo dopo ogni 'e' ci sono infatti otto lettere e poi ancora una 'e' e così via in un più che regolare rimbalzo statistico.

[*] Andrea Sgarro, *Crittografia*, Franco Muzzio editore, 1986.
[**] ?!

*E*h già. Potrei iniziar*e* così, in qu*e*sto modo
lento o anch*e* un poco spento: una an*e*mica
mani*e*ra di concentrarmi p*e*r produrr*e*
qualcosa. *E* abbozzar*e*, dopo, un pr*e*ciso
intr*e*ccio in qu*e*sta facil*e* quanto pr*e*occupant*e*
forma di r*e*gola, una r*e*strizion*e* strana ch*e* io
mi vant*e*rò di usar*e*.
Allora cr*e*do di non p*e*nalizzar*e* di più la
p*e*rsona già *e*ducata ch*e* continua *e* si ostina *e*
di sicuro *è* convinta *e* vuol star*e* a guardar*e*
fino a dov*e* son capac*e* di portar*e* avanti
qu*e*sta stori*e*lla... Oh! Car*e* divinità, *e*lisir
rar*e*fatti... dat*e*mi fiato p*e*r iniziar*e* la trama
d*e*l vibrant*e* racconto...

*E*ra la nott*e* più lunar*e* di tutto l'*e*statico
p*e*riodo di l*e*i; un raro t*e*mpo di spl*e*ndidi,
mut*e*voli oggi *e* di altri s*e*gni di un f*e*stoso,
imm*e*diato, lib*e*ro domani.
*E*ra una sup*e*rlativa s*e*ra ricca d'*e*mozioni, l*e*
più vivid*e* di un impr*e*ciso pian*e*ta vagant*e* tra
nuvol*e*, spazi sid*e*rali, nuov*e* mitologi*e* astrali
n*e*ll'abisso *e*mpirico d*e*lla luna. L*e*i, la
pioni*e*ra di tant*e* notti, si s*e*ntiva ora *e*ccitata
p*e*r tali imp*e*nsabili s*e*nsazioni *e* stava là,
s*e*duta sull*e* radici di *e*uforbia s*e*parandon*e* il
lattic*e*, dal sapor*e* aspro, ma c*e*rcando un
*e*dificant*e* motivo ch*e* riuscisse a far sì ch*e* la

pianta *eliminasse* ogni parvenza caramellosa
di *vetusta* avversità...

Non *è* chiaro questo accidentato proemio?
Non premia la lacera stanchezza?
L'ovvietà di frase dopo frase non porta *e*
avvalora *embrioni* della più scevra, trita *e*
consunta *esibizione* di loquace svogliatezza,
priva *e* vuota di certa forza *edificante*?
Insomma, devo struggermi oppure arrancare
di nuovo verso una precisa procedura? Boh!
Devo "avvincer", "convincer" o parlare con
calma *e* lucida preparazione? Mi trovo nel
dubbio, nel cornuto *e* falso dilemma: una
poetica frase o la pura regola? Non c'è
scampo dietro simile domanda. Devo sviarne
l'abituale risposta. *E* scivolare di nuovo
nell'inutile prova di tentativo tentato.
Ma se mi accontenta...

L'alba *e* la brughiera sono tremolanti
nell'aurora *e* un'opaca persona quieta, mai
incerta, sta preparando pesanti maledizioni,
memorizzate di giorno *e* sublimate quando
trepida sorgerà la notte.
Raccoglie ogni sua perfidia, crea una
putrefattibile infamia per ogni avversario che
gli si parerà al cospetto, armigero mortifero a

fronte alta o rude muro di pietra saracena. Il
suo restringimento in difesa, no, non sembra
davvero normale: lui dirige i suoi avversari
dove poi illude loro di aver quindi meritato
quella facile vittoria e li disorienta infine con
la stretta di furenti parole, vocaboli elaborati,
enunciati esagitati, eccitanti etimologie,
caustici epigrammi e il tutto per mostrare a
tutti quel suo noto e bruciante sarcasmo.
E non si attesta finché il suo avversario spera
in una decisa promessa di categorica tregua.
Indi, se lui non spera più, si ferma. Ma come
fidarsi del suo affrettato ritegno in cui egli
storce il viso preparando l'esilarante rifiuto
del voluto perdono? No. Meglio stare qui in
silenzio, stare a guardare la sua altera faccia e
rimandare ad altri le tristi sventagliate di
bordate di cattiveria pura.

Pensando a mestatori verbali, il vero cultore
d'ingiurie lascia preconizzare dal mago celato
in quel suo cuore lacrimogeno l'altalena di
prose non chiare, anzi davvero balzane. Con
parole sottili tenta dunque chi lo assedia
oppure lo considera già in definitiva esaurito,
senza più fremiti di predominante voglia di
esibizione.

Intanto, per saggiare un coriaceo campione
di quanto egli (il rude giocatore con parole
sfacciate) possa fare, basta schematizzare qui
alcune frasi, spie di imprudenti uscite. Di
sicuro è possibile ma l'autocensura mi ferma
poiché butto il tempo: sono certo parole già
andate, ritornate, ripartite ancora...
Un emozionale viaggio senza la fine
palpabile, tangibile, assoluta e sicura...

Questa 'trama' è la cosa che più adula e lo
avvince, lui il cruento troviero d'alfabeto
urtante, lui un avventuroso descrittore di
viziose sbirciate, lui il più evasivo, freddo
autore di malizie narrative; solo contento di
come può dosare il succo della sua gretta
insolenza.
Non crediamo di defilarci nel cambiamento di
cose o fatti che non sono neppur ipotesi, ma
sosteniamo la tesi sopra detta, incuneata fino
nel minimo dettaglio: sensazioni e crimini del
nostro devastatore di scopi, peccati
spregiativi verso timidezza, paura e
viscidume.
La storia è rimasta ferma lì dove stava.
Dicendo di lui e di atti che lui irrideva: azioni
e ribaltamenti; parole, ancora inerti parole da
sfogare con una speranza di denotazione non

solo redazionale.
Allora precisiamo le bucoliche battaglie prima
di legittimare ancora questo suo bieco modo
di esporsi, di edulcorare ogni chimera di
idoneo compromesso...
Sta steso su un fresco manto erboso, con
emozionate sincopi del viso silenzioso,
preoccupato e ironico. Le visioni del suo
dialettico diversificare sono, o almeno
paiono, esautorate: sono prive di maldicenza
ma come in un agile sogno diventano
spiegazzature di fragile carta; povero
pittoresco spiffero di varietà animalesca. In
lui è l'istinto, è la torbidezza, il male di
toccare con mano le incognite sarabande di
parodie incivili e sanguigne.
Dal sangue lui risale alla violenza, al galeotto,
truce assalto della forma e di ogni specifico
che gli sta dietro oppure davanti
nell'incombenza di come la vita si
entusiasmerà o potrà equivocare tutto il senso
primiero di tante incontinenti parole.
Continua e non rimane sordo alle dicotomie:
il giorno e lo scuro della mascherata notte, la
pia luce contro quella congrega di buio e
paura palesata da tremuli fuscelli in funesti
movimenti. Il sole, la luna (piena o vuota e
bianca o nera), l'innocenza santa e la colpa,

l'*estasi* ovvero la morte.
Oh vaga poesia! Tu non esisti, no, nel suo
tormento di angelo fulmineo da rappresaglia.
Quel tuo arabesco si calerà in trame rinchiuse
da orditi estasiati e assurdi, leziosi come alti
ballerini sulle loro punte: il ballo della
doppiezza, di attesa, di travestitismo e di
fallace disunione.
Son gorgheggii da poeta o da misero
anacoreta incline alla contemplazione, all'ozio
dell' isolamento, a poche, solitarie ipocrisie o
nascoste arroganze di frivolezza.
Ma arrestiamo questo alfabeto di false
immagini e andiamo nel più sincero ritornello
di cose visibili e strutture narrative.

Lui rimane statico, fermo. Induce chi lo
osserva a volger il capo verso un diverso
luogo e rifuggire con gli stessi suoi gesti ogni
recitazione possibile. Lui manifesta solo le
tristi presunzioni e indaga questa tiritera di
ovvie banalità. *Egli* rimane il manicheo
dosatore di stabile prassi ideologica senza
mirare a altro che non sia credulità,
premonizione opinabile, illazione razionale
ordinata. *È* lì, da solo e zitto: gode con il
silenzio, raggela il dialettico inventario di
esautorate risonanze di stili verbali. Lui *è* il

custode di ingannevoli pause, di sgangherati
tormenti, di intensi problemi. Sublime quanto
precario, imperioso come l'onnipotenza
compressa in un decifrabile mutismo.
Cerca la via e la trova nella facile soluzione:
si camufferà, tramite innocui respiri, in vento.
Soffierà di notte con la sua enfasi molesta,
fatale. Di giorno egli giocherà con gli eruditi
sferrando brevi domande, ma di notte imporrà
dettami come risposta.

E così, travestito da vento, spazzerà vicoli e
cortili, s'entusiasmerà avvolgendo nuvole con
sfuggenti volute, si ravviverà in un lieto
turbine prima di legittimare la sua libertà. In
tale posizione di puro fremito non vedrà ciò
che non sarà veduto da quei suoi poveri occhi
d'Eolo non cieco ma miope: fantasma e ombra
di sé, l'immagine più triste di falso vento,
trincea immobile, statica, ferma: il vile
opposto del sopraddetto movimento, la quieta
calma del clangore smarrito e di antiche
sonorità emarginate.
Nuovo silenzio. L'assenza di strepito.
Nuove umorali sensazioni, e più tacite. Sono
zitte: il sonnifero di ogni esagitato, esilarante
prosatore. La pausa, le immagini, e con loro
le sfumature: illusione o finzione, fantasia e

futilità, *emotività e* occasione.
Capita *che* il *fragore* (quasi il *vento fugace*) si
possa *persino* intensificare. Capita spesso, si
avvera quando *egli* oppone lo sforzo *e* poi
impone la sua intensa maschera priva *del*
grigiore noioso *che* lascia *preconizzare*
soltanto *espiazione* o smarrimento.
Dunque, con maschera, trucco *e* faccia
predisposta, egli parla *e…* sì, attraversa il
silenzio di *quei* stordimenti inaspettati; *supera*
con imperiosi accenti ogni *defaillance* di tipo
predicativo *e* bara sfoderando *notevoli* ansietà
balzane: un matto? Certo. *Oppure* "la matta"
del mazzo *che* fa *giocare* assi, donne, con
fiori *e* cuori come simboli *del* mondo *che* lo
avvince, lo strugge, l'inzacchera di supremo
malinteso.
Una rivelata bassezza sgombera il sospetto di
vane ipocrisie.
Lui lo sa. Nel planisfero di carte da giocare
lui ha un ben chiaro, definito, preciso
progetto: divider lo scopo *e* la causa;
certificare l'inizio per valutare la sua fine;
motivarne ogni varietà di tipo *e* di ricorrenza,
grande o piccola; edificante o incolore.
Lui lo sa. Per far ciò seguirà il meglio di quel
suo disteso candore: la calma della sicurezza,
la splendida libertà di poter ubbidire solo agli

espliciti embrioni della sua trepida sapienza
inattesa da chi cerca in lui efficaci perdoni
alle aridità verbali.
Lui è proprio certo di schematizzare, quasi
intensificare ogni suo gesto vitale
riconoscendo un avversario da esili, suadenti
parole. Allora lo esautora della stima e poi lo
aliena dal quieto privilegio di libero magistero
di tutte – lo giuro – le nozioni dei vasti poemi
o di illeggibili versi in rime comandate.
Lui non presta mai orecchio alle sonorità e
schiva inediti processi di note roboanti e con
voci vendicative: sordo alle ovazioni è ancora
cieco ai gioielli di oscena visione.
Lui rimane.
Lui ricade. Lui rivive. Lui riapre. Lui risale.
Lui riarde.
Lui riluce.

Ma ora dove siamo? A che punto di senso ci
saremo avulsi e staccati e abbinati e di nuovo
separati? Rieccoci in seri dubbi nella tiritera
di frase dopo frase. Una pausa e dopo
riprendo fiato e ricomincerò poi con emotività
e voglia di equivocare. Dopo una menzogna
creativa la verità nuda e cruda: ripensata,
spremuta, o ricercata invero invano e trovata
nella diligenza di un metodo davvero

sacrilego.
Ma forte: quasi la restrizione più ristretta mi
potessi ordire.

Qui, lo so, sento il quieto fiatone alzarsi
pensando a legami, a splendidi incentivi di
senso, a soste di paralleli vicini e lontani nel
dilatare vacuo di tempo. In cose affini che
chiudono e aprono; che bloccano e poi... sì...
liberano ogni espulsione non trattenuta, una
vera conoscenza di base, una altalena
formale, un gioco censurato del caso come la
vita che riconosce, suddivide, racchiude,
dischiude, raggiunge l'inizio per confonderlo
con la eroica fine agognata.

Eh già. Potrei iniziare così, in questo modo
lento o anche un poco spento: un diverso
modo per iniziare, ripassare, travisare una
storiella corta e priva di senso, di sale.

La Biblioteca Oplepiana [*]

Ruggero Campagnoli
Edulcoranti, con cento tempere,
Coloranti, di Totò Radicchio (1990, 1)

Aldo Spinelli
L'uso delle istruzioni, Rigrafia (1991, 2)

Giuseppe Varaldo
Canto tenero, Mitografemi (1992, 3)

Ruggero Campagnoli
Deliri edipici, Sonetti palindromici (1992, 4)

Piero Falchetta
Frammenti in vita
Combinazioni monorime con commento (1993, 5)

Ruggero Campagnoli
Vocalizzi Zulu, Sonetti monovocalici latenti,
con una cartella di 5 serigrafie,
Proiezioni e vocali in ombra, di Totò Radicchio (1994, 7)

Elena Addòmine
Forme For me, Traduzioni omografiche (1994, 7)

Raffaele Aragona
La viola del bardo, Piccolo Omonimario Illustrato (1994, 8)

Aldo Spinelli
Le ripartite, Rimbalzo statistico (1994, 9)

Ruggero Campagnoli
Sestine per modo di dire,
Testi locuzionali semiautomatici (1994, 10)

Sal Kierkia
(a cura di) *L'isola teletrasportata*, Anagrafie (1996, 11)

Paolo Albani

Geometriche visioni, L'alfabeto raffigurato (1996, 12)

Paolo Albani

Rose osé, Lettere rubate (1998, 13)

Màrius Serra i Roig

Turandot espuri, Solfeix (1998, 14)

Luca Chiti

L'infinito futuro, Sillabe in crescenza (1999, 15)

Oplepo

Giallo di Anghiari, Misteri obbligati (1999, 16):
– *Analisi finale*, di Elena Addòmine
– *La disparizión*, di Raffaele Aragona
– *Alloro per loro*, di Brunella Eruli
– *Una parola d'oro*, di Piero Falchetta
– *Numero tredici*, di Sal Kierkia
– *Un caffè per tre*, di Giuseppe Varaldo

Oplepo

Esercizi di stime, Acronimi elogiativi (2000, 17):
– Elogio dell'*Opera poetica limitante entropiche profondità ombelicali*, di Elena Addòmine
– Elogio dell'*Oscurità poetica laureata esibendo parole oblique*, di Paolo Albani
– Elogio di *Ogni poema lipogrammatico esprimente potenzialità oscurate*, di Raffaele Aragona
– Elogio dell'*Ospedale per lemmi esausti, provati. obesi*, di Alessandra Berardi
– Elogio dell'*Operosa pastorelleria legata, elegantemente poco ortodossa*, di Luca Chiti
– Elogio dell'*Ostinato premere lemmi endecasillabici producenti oleosità*, di Brunella Eruli
– Elogio dell'*Ostracismo politico, legge emarginata, punto O*, di Sal Kierkia
– Elogio dell'*Osar poetare liberamente, evitando penalizzanti ortodossie*, di Maria Sebregondi
– Elogio dell'*Ombra, proiezione labile eppure pressoché onnipresente*, di Giuseppe Varaldo

Luca Chiti
Il centunesimo canto, Philologica dantesca (2001, 18)

Paolo Albani
Fantasmagorie, Parole in bianco (2001, 19)

Giulio Bizzarri
Art caveau, L'invisibile pittura (2001, 20)

Ermanno Cavazzoni
Morti fortunati, Slittamento proverbiale (2001, 21)

Oplepo
Il doppio, Due per uno (2004, 22):
– *Doppio senso*, di Alessandra Berardi
– *Double-face*, di Anna Regina Busetto Vicari
– *Il doppio imperfetto*, di Brunella Eruli
– *La scoperta dell'America*, di Domenico D'Oria
– *Duplex*, di Edoardo Sanguineti
– *Lingua doppia*, di Elena Addòmine
– *Il romanzo equivoco*, di Ermanno Cavazzoni
– *Specchio*, di Giulio Bizzarri
– *Senso doppio/doppio senso*, di Giuseppe Varaldo
– *Kamasutra*, di Maria Sebregondi
– *Il punto di vista, anche*, di Paolo Albani
– *Teoremi e assiomi*, di Piergiorgio Odifreddi
– *Raddoppi*, di Raffaele Aragona
– *Doppio doppio*, di Sal Kierkia
– *Doppio*, di Totò Radicchio

Piergiorgio Odifreddi
Riflessi in uno zaffiro orientale,
Diari minimi di viaggi effimeri (2005, 23)

Sal Kierkia
Preludi, Tempo obbligato (2005, 24)

Oplepo

A Italo Calvino (2005, 25)
- *La galleria dei destini incrociati*, di Paolo Albani
- *Rapsodia di fiori in blu*, di Brunella Eruli
- *Permutazioni bibliografiche*, di Domenico D'Oria
- *Lezioni italo-americane*, di Elena Addòmine
- *Alluvione d'aiuole*, di Sal Kierkia
- *Conoscenza della forma*, di Anna Busetto Vicàri
- *Italo Calvino in ottava*, di Giuseppe Varaldo
- *Sulla luna giraffa*, di Maria Sebregondi
- *Paronomàsie*, di Raffaele Aragona

Oplepo

Chimere, Esercizi funzionari (2206, 26)
- *La Chimera Incapricciata*, di Anna Busetto Vicari
- *La chimera di* Spoon River, di Brunella Eruli
- *Kimerik polito-logico*, di Domenico D'Oria
- *Chimere shakespeariane*, di Elena Addòmine
- *Sonetto della Chimera*, di Edoardo Sanguineti
- *Percorsi per-versi d'una chimera*, Giorgio Weiss
- *Manghiscoli*, di Ermanno Cavazzoni
- *Chimere*, di Giuseppe Varaldo
- *Tradurre, una chimera? PER-QUE-NEAU!*, di Maria Sebregondi
- *Mi illudo*, di Paolo Albani
- *Chimere napoletane*, Raffaele Aragona
- *I cosi così, di* Sal Kierkia

Cenni sugli autori dei testi

Cenni sugli autori dei testi

Elena ADDÒMINE, informatica, si occupa di organizzazioni di strutture aziendali, linguistiche, musicali e familiari. Si è prodotta sinora in strategie per l'innovazione tecnologica, traduzioni omografiche (*Forme for me*, B.O. n. 7, 1994) e in improvvisazioni pianistiche e culinarie, con le quali intrattiene la sua prole. Partecipa all'Oplepo da New York, dove vive e lavora.

Paolo ALBANI, scrittore e poeta visivo, dirige la nuova serie di *Tèchne*, rivista di bizzarrie letterarie e non. Tra le sue pubblicazioni: *Words in progress* (Campanotto, 1992); *Aga magéra difúra*. Dizionario delle lingue immaginarie (Zanichelli, 1994; Les Belles Lettres 2000); *Forse Queneau*. Enciclopedia delle Scienze Anomale (Zanichelli, 1999), *Il corteggiatore e altri racconti* (Campanotto, 2000), *Mirabiblia*. Catalogo ragionato di libri introvabili (Zanichelli 2003) e *Il sosia laterale e altre recensioni* (Edizioni Sylvestre Bonnard, 2003). Nel libro *Le cerniere del colonnello*. Antologia di scritti dell'Istituto di Protesi Letteraria (Ponte alle Grazie, 1991) ha raccolto i testi preoplepiani usciti sulla rivista "il Caffè". Per la "Biblioteca Oplepiana" ha scritto *Geometriche visioni*, L'alfabeto raffigurato (1996), *Rose osé*, Lettere rubate (1998), *Fantasmagorie*, Parole in bianco (2001).

Raffaele ARAGONA, ingegnere, insegna Tecnica delle Costruzioni nella Facoltà di Architettura dell'Università Federico II di Napoli. Pubblicista, scrive di enigmi e di ludolinguistica su "Il Mattino". Membro fondatore dell'Oplepo, è responsabile del Premio "Capri dell'Enigma", nell'àmbito del quale ha curato convegni specialistici e a carattere interdisciplinare, tra i quali, i più recenti, *Il fascino indiscreto dell'omonimia* (1994), *Attenti alla Sfinge!* (1996), *Le vertigini del labirinto* (1998), *La regola è questa* (2000), *Sillabe di Sibilla* (2002), *Il doppio* (2004). È autore di *Una voce poco fa*. Repertorio di vocaboli omonimi della lingua italiana (Zanichelli, 1994). Nella "Biblioteca Oplepiana" (1994) ha pubblicato *La viola del bardo*, Piccolo Omonimario Illustrato. Ha curato la raccolta *Antichi indovinelli napoletani* (Marotta, 1992) e, per le Edizioni Scientifiche Italiane, i volumi *Enigmatica. Per una poietica ludica* (1996), *Le vertigini del labirinto* (2000), *La regola è questa* (2002) e *Sillabe di Sibilla* (2004). Anche a sua cura è il volume *Capri à contrainte* (La Conchiglia, 2000). Ha pubblicato *Oplepiana*. Dizionario di letteratura potenziale (Zanichelli, 2002).

Alessandra BERARDI, poetessa, è autrice e interprete di spettacoli comici e per bambini. In breve: Musa Autoispiratrice. Sarda, vive a Bologna. È fra gli autori del programma di Raidue *L'albero azzurro*. Dal 1988 partecipa a rassegne di teatro, poesia e musica. Ha pubblicato, col gruppo Bufala Cosmica, *Rime tempestose* (Sperling & Kupfer, 1992). Dal 1990 fa parte di *Riso Rosa*, progetto teatrale di comicità femminile; con Daniela Rossi ha curato *Ragazze, non fate versi!* (Zona, 1999). Ha collaborato con varie testate, come *Linus*, *Comix*, *L'Unità*, *Il Domani*. Tiene laboratori di poesia per ragazzi; ha pubblicato il libro *Patate su Marte* (d'if, 2002). Sue poesie, racconti e canzoni si trovano in CD, video, riviste e antologie, tra cui *Doppio sogno* (di Emilio Galante, Scatola Sonora, 1996), *Sfiga all'Ok Corral* (Golem, a cura di S. Bartezzaghi, Einaudi, 1998) e *Oplepiana* (a cura di R. Aragona, Zanichelli, 2002). Da qualche anno collabora attivamente con il compositore Battista Giordano.

Giulio BIZZARRI, ha collaborato dal '71 al '73 alla rivista letteraria "il Caffè", curando una rubrica di *ready-made* linguistici. Dal 1980 è *copywriter* e direttore creativo di un'agenzia del gruppo BBDO. Ha pubblicato per Feltrinelli i due volumi *Vedute nel paesaggio* e *Scritture nel paesaggio* e, per le edizioni Essegi, *Giardini in Europa*. Nel 1989 ha fondato, con Gianfranco Gasparini, l'Università del Progetto di Reggio Emilia. Nel 1991, ha pubblicato le *Poesie terapeutiche*, vendute in libreria in più di 400.000 copie e per Comix *Pubblicità magari*. Nel 1990 ha ricevuto l'oro dall'Art Director's Club. Nel 2000 ha presentato, con la mostra *Advertaintment* alla Triennale di Milano, le ultime "pubblicità magari". È autore di *Art caveau. L'invisibile pittura* (B.O. n. 20, 2001).

Anna BUSETTO VICÀRI, fondatrice dell'Archivio e Centro Studi "il Caffè", la rivista letteraria di Giambattista Vicàri, del quale ha curato il carteggio con Ezra Pound in *Il fare aperto. Lettere 1939-1971* (Archinto, 2000); è autrice del libro *Solo di rose* (Raffaelli, 2003).

Ermanno CAVAZZONI, scrittore, insegna al Dipartimento di Filosofia dell'Università di Bologna. È autore de *Il poema dei lunatici* (Bollati Boringhieri, 1987), cui si è ispirato Federico Fellini per il film *La voce della luna*, de *Le tentazioni di Girolamo* (Bollati Boringhieri, 1991), di una serie di "traduzioni infedeli", all'interno di *Le leggende dei Santi* di Jacopo da Varagine (Bollati Boringhieri, 1993) e di *Vite brevi di idioti* (Feltrinelli, 1994). *I sette cuori* (Bollati Boringhieri, 1992) contiene sette divertenti variazioni, decisamente oplepiane, del deamicisiano "Sangue romagnolo". I suoi libri più recenti sono

Cirenaica (Einaudi, 1999) e *Gli scrittori inutili* (Feltrinelli, 2002). Ha introdotto edizioni dell'Ariosto e del Pulci; è tra gli ideatori della rivista *Il Semplice*.

Luca CHITI (1943–2003), laureatosi in Letteratura italiana moderna e contemporanea a Pisa, si è occupato delle avanguardie del primo Novecento con particolare interesse per le riviste fiorentine, pubblicando articoli su "Filologia e letteratura" e curando per l'Editore Loescher il volume *Cultura e politica nelle riviste fiorentine del primo '900* (1972). Nel 1973 ha curato la maggior parte delle voci degli autori del Novecento per il *Dai* (Dizionario degli autori italiani) dell'Editore D'Anna. Suoi testi poetici sono apparsi in "Arte e Poesia" e su "Quasi". Nel 1972 è uscita la sua raccolta di liriche *Il viaggio all'Oriente* nel volume *Poesie* (Ed. Manzuoli). È autore de *L'Infinito futuro*, Sillabe in crescenza (B.O. n. 15, 1999) e de *Il centunesimo canto*, Philologica dantesca (B.O. n. 18, 2001).

Domenico D'ORIA, docente di Lingua e letteratura francese all'Università di Bari, è cultore entusiasta di esercizi oulipiani. È studioso dei problemi di ideologia nei dizionari e dei problemi teorici e pratici della traduzione. Ha dedicato molta attenzione ai *Jeux de mots* di François Georges Maréschal, marchese di Bièvre. Membro fondatore e Segretario dell'Oplepo, dirige l'*Alliance Française* di Bari.

Brunella ERULI, ordinaria di Letteratura francese all'Università di Siena, interessata ai problemi di arte contemporanea e delle avanguardie, ha pubblicato, oltre a vari saggi dedicati alla letteratura francese, *Jarry, i mostri dell'immagine* (Pacini, 1982), *Percorsi dell'avanguardia* (Pacini, 1992). Ha curato l'edizione dei volumi *Attenzione al potenziale! Il gioco della letteratura* (Nardi, 1994) e *L'obiettivo e la parola* (Slatkine-ETS, 1996). Autrice di vari scritti sul teatro, è caporedattore di "Puck, la marionette et les autres arts", la rivista internazionale del teatro di figura. Fa parte del consiglio di redazione della "Rivista di letterature moderne e comparate".

Piero FALCHETTA, bibliotecario alla Marciana di Venezia e storico della cartografia, ha sempre giocato con serietà in compagnia della letteratura. Da *Oculus pudens*, un volume sulla poesia di Andrea Zanzotto (Francisci, 1983), alla traduzione del romanzo lipogrammatico di Georges Perec *La disparition* (*La scomparsa*, Guida editori, 1995), ha coltivato con continuità i rapporti con quelle opere che sono generalmente, per qualche verso, considerate "difficili", sperando così, prima di ogni altra cosa, di renderle comprensibili, se non altro a sé stesso. Collabora a numerose riviste italiane e straniere. È autore di *Frammenti in vita*, Combinazioni monorime con commento (B.O. n. 5, 1993).

Sal Kierkia (trascrizione abbreviata di Salvatore Chierchia), studente facoltativo di lungo córso e impropriamente ricercatore in proprio, ha avuto la sorte di rinvenire, durante migrazioni da vero "chierico vagante" fuori tempo, uno sconcertante latercolo nella lingua degli Incas. Esperto e appassionato di enigmi, di poesia artificiosa e di ludolinguistica, saltuario collaboratore bilingue della fortunosa rivista "il Caffè", è autore di preziose rubriche sulla rivista "Il Labirinto". A sua cura, la "Biblioteca Oplepiana" ha pubblicato (1996) *L'isola teletrasportata*, Anagrafie. È l'autore di *Preludi*, Tempo obbligato (B.O. n. 24, 2005).

Piergiorgio Odifreddi, ha studiato matematica in Italia, negli Stati Uniti e in Unione Sovietica, e insegna Logica presso le Università di Torino e Cornell (USA). Fra le sue pubblicazioni *Classical Recursion Theory* (North Holland, 1989 e 1999), *Il Vangelo secondo la Scienza* (Einaudi, 1999), *La matematica del Novecento* (Einaudi, 2000), *Il Computer di Dio* (Cortina, 2000), *C'era una volta un paradosso. Storie di illusioni e verità rovesciate* (Einaudi, 2001), *Il diavolo in cattedra. La logica da Aristotele a Godel* (Einaudi, 2003), *Le menzogne di Ulisse* (Longanesi, 2004), *Penna, pennello e bacchetta. Le tre invidie del matematico* (Laterza, 2005). Collabora con giornali, radio e televisione. Nel 1998 l'Unione Matematica Italiana gli ha assegnato il Premio "Galileo".

Totò Radicchio, architetto, docente alla Facoltà di Architettura di Venezia, vive a Bari. È autore dell'opera di pittura potenziale *Coloranti* (da *Edulcoranti*), liberamente tratta dalle cento stringhe di Campagnoli, delle quali riprende in chiave pittorica (geometrica e cromatica) le costrizioni permutazionali (uno dei suoi cento elementi è riportato nella copertina di *Oplepiana*). È anche autore di *Vocali*, altra opera che traduce pittoricamente la costrizione legata ai cinque sonetti omoconsonantici di Ruggero Campagnoli (*Vocalizzi Zulu*, B. O. n. 6, 1994).

Edoardo Sanguineti, poeta, ha insegnato Letteratura italiana all'Università di Genova, sua città natale. Il suo nome è legato all'avanguardia, non solo letteraria, ma anche musicale, pittorica e teatrale. Le sue poesie sono raccolte da Feltrinelli in *Segnalibro* (1982), *Bisbidis* (1987), *Senza titolo* (1992), *Corollario* (1997) ed in *Novissimum Testamentum* (Nanni, 1986): in molte di esse è rimescolato il senso tragico, comico, onirico, grottesco, epigrammatico ed enigmistico con quei modi di capriccio e gioco, che caratterizzano anche la scrittura del Sanguineti narratore (*Capriccio italiano* e *Il giuoco dell'oca*, Feltrinelli, 1963 e 1987). *L'Alfabeto apocalittico*, 21 ottave scritte per la grande *Apocalisse* di Enrico Baj, fu letto dall'autore nel 1982 in forma teatralizzata con il volantinaggio dei singoli testi, dalla A alla Z, su foglietti variamente colorati, simili ai vecchi pianeti della fortuna. Autore oplepiano *ante litteram*, ha ricevuto nel 1998 il Premio "Capri dell'Enigma" – sezione arte e letteratura; nello stesso anno è entrato a far parte dell'Oplepo, del quale è oggi Presidente. *Il chierico organico* (Feltrinelli, 2000) è il titolo di una raccolta di suoi saggi.

Maria Sebregondi, consulente di comunicazione e di concept di prodotto, lavora con la scrittura in diverse aree: copywriting e comunicazione, editoria e traduzione letteraria, stampa periodica. Dall'attività professionale sono nate diverse esperienze didattiche presso Università pubbliche e private (corsi e seminari di scrittura e comunicazione, traduzione letteraria, formazione per creativi). Dal 2000, insegna *Percezione del linguaggio* all'Università dell'Immagine, Milano. Tra le sue pubblicazioni: *Etimologiario* (Longanesi, 1988; Greco&Greco, 2003), piccolo dizionario di etimologie inventate; la collana *Doppiogioco* (Giunti), storie in versi per bambini; *Smentimenti*, raccolta di racconti (Greco&Greco, 2000). Appassionata di traduzione di testi *à contrainte*, in versi e in prosa, ha tradotto Queneau (*Quercia e cane*, Il melangolo, 1995; *Centomila miliardi di baci*, Archinto, 1997), Perec (*Ellis Island. Storie di erranza e di speranza*, Archinto, 1996), Picabia, Coleridge, Nabokov. Dal 1996 fa parte di Oplepo. Firma la rubrica *Tecnica mista* su *Alias*, supplemento culturale de *Il Manifesto*. Vive prevalentemente a Milano.

Màrius Serra, scrittore catalano, è nato e vive a Barcellona. Ha pubblicato vari volumi di racconti, tra i quali *Línia* (1987), *Contagi* (1992) e di novelle come *L'home del sac* (1990) e *Mon oncle* (1996). Giornalista, scrive su "La Vanguardia" e su l'"Avui" di Barcellona. Nel suo volume, *La vida normal* (Edicions Proa, Barcelona, 1998) si ripromette di trasformare la sua esperienza di scrittore in materia letteraria. È primo membro straniero dell'Oplepo, per il quale ha scritto *Turandot espuri*, Solfeix, fascicolo (B.O. n. 14, 1998). Sue opere più recenti sono *AblanatalbA* (Edicions 62, 1999) e *Verbalia* uscito contemporaneamente (Barcelona, 2001) nella versione catalana (Editorial Empúries) e castigliana (Editorial Península).

Aldo Spinelli, pittore, giocologo, è membro corrispondente dell'Oupeinpo. Autore di varie pubblicazioni, ha firmato due fascicoli della "Biblioteca Oplepiana": *L'uso delle istruzioni* e *Le ripartite*. Il suo *Scarabeo d'oro* (1975-1980) è un gomitolo di lana colorata con scrittura in codice. Ha partecipato a numerose mostre collettive e sono molte le sue "personali" (Milano, Genova, Roma, Amsterdam, Oberhausen, Nizza, Gelsenkirchen); in occasione di una sua mostra, dal titolo *Falso Spinelli: un'arte un po' vera* (Genova, 2002), ha presentato il suo *Abbecediario*, diario di viaggio di una persona qualsiasi, che raccoglie in testi lipogrammatici le 21 lettere dell'alfabeto italiano. Un suo recente volume *e* (Marco Polillo Editore, Milano, 2001) costituisce un'eterodossa enciclopedia che ha per protagonista questa vocale.

Giuseppe VARALDO, medico, si interessa di enigmistica e di poesia ludica. È autore di *All'alba Shahrazad andrà ammazzata* (Vallardi, 1993). Il suo *Canto tenero* (B.O. n. 3, 1992) è il primo esempio di «mitografemi».

9 788889 364143 2